La princesa y el guisante
The Princess and the Pea

Adaptación/*Adaptation:* Luz Orihuela

Ilustraciones/*Illustrations:* Petra Steinmeyer

SCHOLASTIC INC.

New York Toronto London Auckland Sydney
Mexico City New Delhi Hong Kong Buenos Aires

Había una vez un príncipe que quería
casarse con una princesa, pero quería
que fuera una princesa auténtica.
—Si hace falta, daré la vuelta al mundo para buscar a mi
princesa —le dijo a sus padres. Y se fue.

Once there was a prince who wanted to marry a princess.
But he wanted to marry a real princess.
"I will travel the world to find her," he told his parents.
And off he went.

Recorrió medio mundo, pero por más que buscó,
no encontró a su auténtica princesa. Conoció a muchas jóvenes
pero a todas les encontraba algún defecto.

The prince traveled all over the world.
He could not find a real princess.
He met many ladies, but there was always something
that he didn't like.

Entristecido, volvió a su casa. Decidió que si no encontraba a una princesa auténtica, se quedaría soltero para el resto de su vida.

The prince returned home.
He was very sad.
He made a decision.
If he could not find a real princess,
he would never marry.

6

Un día, en mitad de la noche, alguien llamó a la
puerta del palacio. Llovía a cántaros y el mismísimo
rey fue a ver quién era.

One rainy night, there was a knock on the palace door.
The king went to see who was there.

 8

—¡Válgame Dios! ¡Entra! —dijo el rey al ver a
una joven princesa completamente empapada.
Decidieron invitarla a pasar la noche en el palacio
porque llovía mucho.

*A princess stood there in the rain, completely soaked.
"Goodness! Come in!" said the king when he saw her.
The king and queen invited the princess to spend
the night at the palace.*

La reina, que era muy lista, dijo que ella
misma quería preparar la cama.
—Déjenme sola. Muy pronto sabremos si es
una princesa auténtica o no.

The queen was very smart.
She told the king that she wanted to prepare
the bed for the princess.
"Let me make her bed. Soon we will know if she is
a real princess or not," said the queen.

La reina puso un guisante debajo de veinte colchones.
Después, puso veinte edredones encima, que es como dormían
las princesas de entonces.

The queen put a pea under twenty mattresses.
Then, she covered the bed with twenty comforters.
This is how princesses slept.

A la mañana siguiente, cuando la joven se levantó,
le preguntaron si había dormido bien.
—No, he dormido muy mal —dijo la princesa con
su dulce voz—. Había algo en la cama que me
molestaba y no me dejaba dormir.

The next morning, the princess awoke.
The king and queen asked her if she had slept well.
"No, I did not," said the princess in her sweet voice. "There
was something in the bed that bothered me.
I could not sleep at all."

Entonces se dieron cuenta de que estaban delante de una princesa de tan fina piel que podía notar un guisante debajo de los veinte colchones.

At that moment, the king and queen realized that she was a real princess.
Her skin was so fine that she could feel a pea under twenty mattresses!

—¡Es maravilloso, hijo mío! ¡La hemos encontrado!
—exclamó la reina—. Solo una princesa auténtica
puede tener una piel tan sensible.

"Son! We found her!" exclaimed the queen.
"Only a real princess has such fine skin."

 20

Y así fue como el príncipe encontró a su princesa auténtica. Y si alguien no cree esta historia, sepa que es cierta y auténtica como la fina piel de la princesa.

That is how the prince found his real princess.
And if you don't believe this story,
you should know that it is
as real as the fine skin of a real princess.

ISBN 13 978-0-439-87197-6
ISBN 10 0-439-87197-2

12 11 10 9 8 7 6 5 4   9 10 11/0

Printed in China   67

First Scholastic bilingual printing, November 2006